LA VOX DE MARCOVIA

Juan Rivero

Poesía

La vox de Marcovia

© 2009 Juan Rivero

ISBN 0-9676741-8-2

Edición de Juan Torres
Diagramación de Phototek Imaging
Solutions
Diseño de portada de Manny Patiño

Para ordenar otras obras de Juan Rivero,
contacte a jurarip@yahoo.com o lulu.com

INDICE

PRIMERA PARTE

LA VOX DE MARCOVIA

SEGUNDA PARTE

CANTO ALADO

TERCERA PARTE

REVELACIÓN IN PARADIZO

PRIMERA PARTE

LA VOX DE MARCOVIA

Juan Rivero

LA THAKIRA: FUENTE DE VIDA

PUENTE DE MANDO
Comandante:
Gran Ulbrem de Ultrio
Segundo Oficial:
Iminix
Comunicaciones:
Orelex

PERSONAL:
Ingenieros biólogos, Programadores existenciales
Edukadores Kósmicos
-Todo bajo Kontrol-

JARDINEROS:
Allia, Marcovia, Celextra, Hamitha
Khemorak, Khoetrio, Khamon, Khamel
-Kada quien en su puesto-

MISIÓN
Poda, riego y abono
en projecto Thera

TAREA:
Cruzar razas
Ensanchar perímetro
de Laodicea cultivando el Amor
y la Sabiduría

DESTINO:
Sirio X Séptimo sistema solar *

VELOCIDAD:
Frecuencia Vibratoria
Alfaluz (V) al cuadrado
sobre sí

DESPLAZAMIENTO:
Curvas Cíclicas
bajo condiciones
Isodinámicas

SITUACIÓN:
Ultrio Mayor
¡Todo Listo!

CONTEO:
Deca, nona, octo, epsa, sexa,
penta, cuadro, tria, géminis,
mono, obolo...
¡Despegue!

PRIMER MENSAJE (Desde Ultrio Mayor)

Cuando se rompan los espejos
y quedemos desnudos
de palabras.

Cuando el Yo se retracte
de ser, de fingir
y quede el Otro "El Verdadero"
el que ha sido
y será para siempre

No habrá necesidad
De escondernos, ni mentir
o de guardar silencio
De ahí en adelante
Seremos Uno con ÉL

VOZ DE MARCOVIA

Vengo
del fuego mismo
y traigo
Luz del Amor
paz de la vida

Traigo la Luz
del centro de los fuegos
Sabiduría Amor
Templo de oro

Logo
de Amor y Paz
traigo la Luz
Fuego Divino

Portadora
de Luz
vengo del tiempo
de los tiempos

Traigo
mi Paz de Amor
Flor de la vida

Vengo
del fuego mismo
y soy

Amor
Templo de oro
Soy Luz
Sabiduría paz

Y
Vengo
del fuego de los fuegos
y para amar traigo la Luz
del mismo corazón de Dios

DECLARARÉ QUE:

En medio
del fresco de la aurora
La Luz que me visita
brillaba intensamente

Bajo la armonía
de la serena brisa
que susurraba Amor
en cada casa
en cada árbol
al oído de todo
ser viviente
La Luz/ Dichosa Luz/
brillaba intensamente

Justo
cuando el día
inauguraba la vida
en los capullos
de las rosas
Cuando el río
besaba una y mil veces
las riveras de su cause
La Luz, profunda Luz,
brillaba intensamente

Cuando
en armoniosa Paz
saludaba al día
desde el atrio
del Templo Amor
que el Corazón anida
Justo, dentro de mí
La Luz brillaba,
Serena Luz de Amor,
intensamente

LA VOZ DE MARCOVIA (II)

Sílfide, rocío y bruma
Apareciste estrella
brillando en la mañana
hablándome de cosas extranjeras

Reconocí la paz con tu presencia
Quise beber sediento
la miel del río de tus labios

y me detuvo amoroso
el timbre de tu voz
Laúd de agua
las cuerdas de tu voz
Violín de cielo

En éxtasis profundo
fundí mi mente
a tu palabra
la esencia de mi esencia
con tu esencia
inundóme una Paz
Iluminada
y dejé de ser yo
y soy estrella

MARCOVIA:
VOX MEA CUITADA EST

Me cercan;
la voz de tu memoria
y el suave perfume
que exhalaban
tus cabellos

AHORA
cuitado de amor
mi corazón,
mientras medito,
ha preguntado ¡Dios!
¿Por qué no vuelve?

CONTACTO

Ámame mariposa
tempranera de mayo
Sacia mi ardiente sed
gota de lluvia
Coróname de paz
luz de la Aurora

¡Ven azótame viento!
¡Báñame lluvia!
¡Ámame mariposa tempranera!
que sin mirar atrás
camino hacia la Luz
¡Bésame Madre!

FUSIÓN

Te siento junto a mí
Fuerza Divina
Fuego de amor y Luz
Sol de radiante Paz
Padre de todo

Adéntrate en mi Ser
Miel de la vida
Adéntrate en mi esencia
Sé una conmigo

Sol de brillante Luz
Fuerza Divina
consúmeme en tu fuego
que purifica y cambia
Fuego de Amor y Paz
Madre de todo

Adéntrate en mí Consúmeme
Sé Yo, Miel de la vida

UN ANGEL DE AMOR
ME SUSURRO AL OIDO QUE:

Cuando yo mire Amor
moraré en el otro
y seré uno con mi padre

Que Cuando mire Amor
se apaciguarán
los broncos corceles
de mi mente y seré Paz

Que Cuando Amor yo mire
será de Luz la tarde
en que me aguardes
para irnos a otro cosmos
A nuevas dimensiones

Volvió y…
Me repitió al oído que:
seré en la mariposa
el agua de los ríos
árbol que baila
y canta al trino
de las aves

Me besó en la mejilla
y declaró solemne:
Cuando tú mires Amor
tú serás con tu Padre
y conmigo polen' del Absoluto

Cuando tú mires Amor
¡Ay! Seré uno contigo
Si. Cuando mires, AMOR

Peregrina de luz/ ¿Por qué temes a la presencia de los dioses?

VUELTA DE MARCOVIA

Peregrina de luz
Antigua caminante
que posada pediste en mi rebaño
de cuántos caminos traes polvo
en la vestimenta brillante
de tu aura.

Dame tu manto, tu bordón
da tu capelo ¡Paza tu alma
en la fresca pradera de mi cuerpo!

¿Díme por qué ocultas tu mirada
y te retraes?
¿Por qué temes a la presencia
de los dioses?

Peregrina de luz
Beba la miel
tu boca de mi boca;
que habrán de ungir mis manos
la ebónica carne de tus pechos,
hasta quedar, las pobres, exhaustas
de delicias

Peregrina de Luz
¡Abre las puertas de tu templo!
Que fulgurará en tu pelo para siempre
el halo perfumado de los dioses

VIAJE ASTRAL

Desdoblado de mí
volviendo transversal
me siento detenido
abrazado a la sintaxis
de esta paralela suerte

Tanto apañarme en las mañanas
Buscando que regreses
te recuerdo

Entro en el espacio
del no tiempo
Faetón desmedido
violo el corazón
de la distancia
y me sueño
detenido en tu sombra
y me asombro
caminando en tu sueño

Pero hoy
hoy habito
en la esperanza
de fulgurar
en tu frente
para inaugurar
La obertura:
OPALO DE CIEN MARIPOSAS
primavera

MANSIÓN DE MARCOVIA URBIS

Lejos
al nivel
do las esferas
entonan su concierto

Distante
donde los mundos
giran y se agigantan
en danza melodiosa

Más allá
de donde bailan
armónicos y precisos
los siete Universos

Lejos, distante,allá
después del vacio
de los mundos
y los siglos

Donde no existe el agua
y el aroma del aire
es de jazmín

En otra dimensión
En donde todo es Luz,
Paz y Sabiduría

Al final
del final
del final

Allá, lejos, distante
Allá queda mi casa

POSTRER CONVOCATORIA
(Clara es la vox de Marcovia)

En nombre del amor
Vine a buscarte
¡Cese todo dolor!
Paz sea tu calma

Pregona por las calles
por los caminos
Anuncia, llama, invita
Entra en la sinagoga
Toca en la iglesia
Habla en la catedral
Abre los templos

Irrumpe
en las moradas
Toca y despierta
Ve sereno y calmado;
alza al caído
Bálsamo sea tu voz
Cure tu mano

Que es hora
de partir
No más dolores
Sólo seremos amor
Eso seremos

AMOROSO CONSEJO

Cuando se cambie el mundo
Cuando el mar no rompa más
en los acantilados
Cuando el sol no aparezca
tras la seda de la lluvia
una mañana

Cuando la cigarra
no cante más
en la espesura del monte
Ni la paloma vuele rauda
cual paz al aire
Ni se emborrachen
de polen las abejas
en las corolas

Entonces
¡Oh, amado mío!
alégrate, canta
¡No te asuste!
Es
que vamos caminando
hacia la otra Era

HABLA MARCOVIA

Ese que cae; el otro.
El mugriento
que desampara su hambre
por las calles
desta ciudad
hecha para el dolor
y la esperanza:¡él, aquél, el otro :
¡Levántalo! ¡Bésalo!
si es que acaso aspira
llegar a la Luz
donde mora tu Padre

VOX INTERNA

Las madres
Las que fueron
echadas a la intemperie
Con su fruto
de inocente amor
a rastra

Con su sueño
de futuro incierto
develado

Las que le prometieron
Oro, alabastro y palacios
bajo el temblor
del hambre

A las que hundieron
en el vicio, la dures
y el desaliento

De esas

¡Hermanos míos!
Recoged sus lágrimas
en el cáliz del Amor
para que os bese
el Padre en las mejillas

ESE ANGEL QUE
CAMINA SOLITARIO

Los que nunca
han pronunciado
la palabra juguete
o el afectivo ¡padre!

A esos
huerfanos agonizantes
solitarios

Cúbrelos con el manto
del amor y el socorro
de tu piedad

Arrópalos con el manto
de tu misericordia

Úngelos con el bálsamo
del perdón ¡Dioslovetodo!

GENESIS IV
(antes de su llegada)

No volveré a llorar
de soledad
por las tardes

Ni mis piernas
volverán al camino
que lleva
de maya al laberinto

No, lo juro
no volveré
al tálamo de Venus
a regalar, a prodigar
las fuerzas de mi mismo

No,
no volveré
al espacio de la muerte
ni al máyico camino
hacia el abismo

No,
no volveré atrás
a llorar de soledad
en el libidinoso garrafón
de Baco

Atrás
no
volveré
atrás
¡Jamás!

PADRE VOY CAMINANDO
*(Marcovia salió a mi encuentro)

Hacia tí
se dirige mi esperanza
y voy bordón en mano
hacia el Oasis Bendito
de tu SER
a descansar mi caminado cuerpo
a humedecer mis labios resecos
del camino del kharma
A lavar estos, mis cansados pies

No distante
diviso tu perlada boca
y llega hasta mí
el perfume
de tu ondulante pelo
y se extienden tus manos
amorosas

Entonces lloraremos de amor
y de alegría en el encuentro
Hacia ti es que se dirige
mi ESPERANZA

INICIACIÓN/ PUERTA DE ENTRADA

Por esa Ventana hay un espejo
que mira a lo infinito
Detrás de cada árbol
hay un Ser en esencia
Cantando con la brisa
hay náyades y silfos

Por la puerta se inicia
el camino hacia los elementos
y se baña de Luz
la Recámara toda

Hay detrás del umbral
un Espejo vigilando
cada paso del hombre
los pensamientos todos.
Por la puerta se entra
al camino del alma

Un guardián que vigila
va pidiendo credencias.
Hablan los iniciados
¡Sosiéguese mi casa!
¡Ya la paz se respira!
¡Inúndate de Amor
la Luz Eterna!

TRANSICIÓN (Quinta Revelación)

...Me levanto, sin embargo
enseñando diademas
de piedras milenarias
de rancio abolengo reciente

He seguido
este lineal camino
que conduce a la cima
y en la sima un haz de luz
sirve de puente
Pasadizo oculto
que lleva a todas dimensiones
Roca abierta, manando silenciosa
un torrente fluido que da vida

Qué dirá el mañana del ayer
que se escondió en la yerba
para jugar con el inocente viento
de la tarde

No me levanto no, me erijo
sobre la circunferencia
del planeta
desde la base de una célula
llamada vida

Precisa raya
que no rompe verdades
y endereza mentiras

Presión que ahoga
liberando todo peso que sobra

Si el ayer se vistió de gris plomizo.
Será mi alma
como un duende silencioso
oculto en las sombras
de la mansión del sueño
(Onírico momento para dar
un paseo por el cosmos)...

Rotar infinito-el nuestro-
sin aviso de: ¿Adónde vamos?
Vamos caminando de un mundo
a otro mundo
Gastando laberintos y túneles
dejando cuerpos inertes

Materia que se trueca
en polvo, en minerales
Transito hacia la vida
Reciclo interminable
Averiguación reciente
Metra-pasaje
que tendrá que descubrirse pronto

Luego, estaremos al otro lado
de la más inmensa masa
que nuestros ojos hayan visto
y nuestro sentidos palpado

Después
nos hundiremos
en el silencio más profundo
que nuestros oídos hayan oídos

...Entonces.
Se repetirán
todas las acciones
una a una y...
Allí no conoceremos
la palabra miedo

Ni la miseria
con su secuela de hambre
Allí no necesitaremos alimentos
ni ropas
ni relojes...

Quien lo dice
se ha sentado
en el momento exacto
del Velero que carga con nosotros

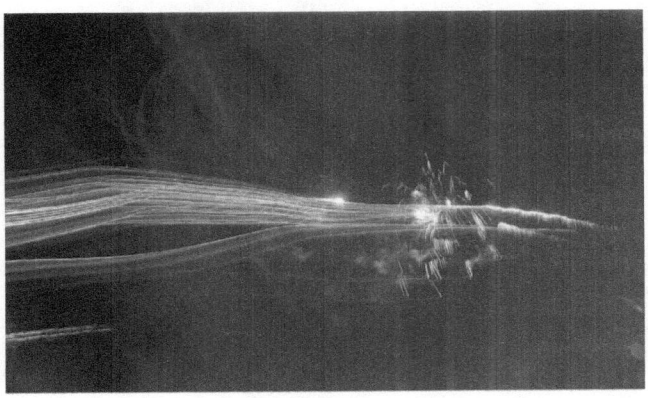

TE SERVIRE DE AMOR

Te serviré de amor
cuando el sueño y el tedio
se adueñen de tu casa

Te serviré de amor
cuando el odio
agazapado y furtivo
rompa las puertas
de tu serenidad
y tu no seas

Te serviré de amor
cuando el rencor y la ira
te tomen por sorpresa
y seas otro

Te serviré de amor
cuando el desprecio
y el escarnio de los demás
te acobarden,
Cuando la duda
la envidia y la mentira
te rasguen la piel
en herida punzante

Te serviré de amor
cuando la voz de fe
no susurre amorosa
a tus oídos
te serviré de amor

De amor te serviré, de amor.

Te serviré de amor
cuando nada
en la vida te acompañe
Cuando todos se vayan
y te dejen a solas

Te serviré de amor
cuando el recuerdo
y la tarde se sumen
a la lluvia de los años

Te serviré de amor
cuando la soledad
te abrume

Cuando lejano y triste
sumido en los recuerdos
llegue hasta ti en silencio
como en sueño
Te serviré de amor, te serviré de amor
De amor te serviré, de amor te serviré

FLAMA COMO VIDA

Concluyente el amor
pasa y se agita
penetrando profundos
corazones

Yo medito
en tu presencia
Padre
y tomo del Amor
de ti
la Esencia Eterna

En tu presencia Padre
yo medito
Del concluyente Amor
la Esencia Eterna
tomo

Penetrandoprofundos
                corazones
El Amor que tú eres
pasa y me agita

FUGA Y PRESENCIA

Te alejas como sombra
y no preciso el instante
de tu ida

Como viento
que se fuga con la tarde
te alejas
y no preciso
las huellas
de tu ida

Te alejas
como sombra
diluida en la nada

Y sólo queda aquí
un aroma, un perfume
de viento rezagado
y una vibración
de Amor
expandida por el Cosmos.

IBIDEM

Cuando el tiempo
el que siempre
se mece en el presente
apoyado en el futuro
del pasado
se disuelva
sobre el ciclo
del espacio

Y discurra silencioso
por toda la vastedad
del cosmos

Cuando pase
convertido en siglos
de milenios
Y la rueca
del Sansara,
que gira y gira sin cesar
se convierta en polvo
desintegrándose
en la nada

Cuando de nuestros cuerpos
no quede ni el recuerdo
del polvo que fuimos
en el espacio

Y volvamos
a la quietud y al silencio

Cuando el tiempo
disuelto por el cosmos
ya no sea

Estaremos lejos
en planos superiores
Seremos
en el silencio armónico
la vida de la vida

Para ya
no tendremos memoria
de este hoy
de este dolor
de estas injusticias

Estaremos
enseñando, guiando,
aprendiendo en absoluta paz

Esa vez
la verdadera esencia
será amor
y seremos en el tiempo

Entonces.
Esa vez
saldrán humanidades
a otear en el cielo
esperando un aviso
una esperanza
Otra vez
volveremos a repetir la historia:
VIDA, PASION Y MUERTE

Y al girar y girar
de los años
y los siglos
nos llamarán de continuo
¿Quién sabe, talves?
¡Extraterrestre!

Esa vez
cuando el tiempo
se diluya
en la
nada

Segunda Parte

CANTO ALADO

I

He descendido Celeste
sin milagros de dudas
He cautivado la distancia
en metódico vuelo

Pero tú…
obligada a conjugar tu risa
me espera en medio de la lluvia
y acaracolada de perlas
apareces en la calle
meditando distancia

Tu compulsivo cuerpo
desciende cual mágica aura
y el ofidio que se irguió
para luego morir; lava fría
sepultóse en las sombras
de la luz que se extiende
En un rumbo distinto
al de mi boca

Pero…
es sólo tu sueno,
pues te he encontrado caminando
con tus pasos de sierva
-ligero andar premeditado-
en tanto yo caía cual gota
de milenaria lluvia repetida

 Yo que he sido silencioso
caminante de paz
Vengo en el exacto momento
del ocaso último
que nos aguarda
Y tú,
Tú giras cantando
bajo la lluvia

¡Somos seres armónicos!

II

Cuando seamos idos,
viajeros trascendentes en el espacio,
será lugar seguro
tu ser en mi ser unido.
Entonces recuperaras la vida
liada de mis brazos
para volver ha ser como yo
comienzo de todos los principios
polvo del cosmos revuelto
manifestación primera de la vida

Serás
¡Paloma de celeste aura!
Ahora, volemos hacia el regazo
donde duerme PURANA
y al ganar, en su presencia,
el derecho a la vida eterna

Seremos como el color del alba
que reparte su luz sin tristeza
del viento que lo acuna

Luego poseedores
Fulgurantes de la vida
¡Ganaremos la paz!
Ganaremos la paz

III

En el onírico espacio
de tu ser en mí
repujé la última sonrisa
suspendida en tu boca
alcanzando
la delicada silueta
de tu pelo

Y
Suelta el alma
liberado mi espíritu
caminé junto a ti
hasta alcanzar el recodo final
de la calle

Y, subí hasta tu casa
en un cabo de luna
y aguardé en silencio
la caída de la noche
y entré... hasta donde reposabas

¡Tálamo virgen!
Y probé Pan de tu Vino
Razón de ser
que me despierta

Surgí del espejo
que se oculta
en tu cara
y rutilando en la morada triste
que tú habitas
me esparcí cantando por el orbe

IV

Cuando seamos idos
y no haya diferencia
entre la tarde y la noche
Cuando la luz sea una sola
y sólo una la existencia

Cuando los picapedreros azules
ganen el pan del pico
al sonoro fluir del cielo
-que habrá de amortajarlos algún día-

Cuando no haya alambres
de estómagos recluidos
Cuando hayamos ganado
la plenitud de la palabra
(envueltos en un caracol
cincelado de perlas)

Entonces correremos ¡libre!
mundo arriba
regocijados en nosotros
trascendiendo de buenas a primeras
hacia el ápice último
donde reside la luz
que nos irradia

Allí estará tu mano
Tu mano de todos los colores
estará apuntalándole
una canción pro cósmica
a la distancia

Y vendré
tejido entre tus dedos
a manera de nido
que guardas
con denuedo
entre tu vientre

V

Me ha inspirado la noche
mujer y amiga
y traigo la palabra contenida
en tus labios

¡Mujer y amiga!

Quisiera ser alzado
en tu sonrisa
hacia el limbo sonoro
de tus labios,
alzado… lo confieso
hasta el lindero suave
de tu cuerpo
en la agónica tarde
que perece.

Mas…
Yo que soy solo presencia
de tu cuerpo
apoyado en la lluvia

he sido irradiado en el orbe
Y caminé verano adentro
Volé gaviota al aire
Nadé delfín profundo

Y tú,
tú caminabas por mi cuerpo
reclinado en la
lluvia y a paz segura
conquistabas mi alma

¡Mujer y amiga!

He despertado de mí
amparado en tus manos

Y…
aferrado a tu pubis
en armonía gloriosa
hacia el etéreo
Girando volcánico
en tu vientre

Aspirando la fragancia
de tus poros
Asido, al borde del abismo
de tus labios

¡Ululé mi nombre
en tus entrañas!

Y quedé flotando entre tu cuerpo
y mi limbo

VI

¡MUJER Y AMIGA!
¡Primavera de rosas!

Te até a mi cuello,
en concierto cósmico
¡Amiga pasajera de la tarde!
Y eres pergamino valido
al entrar al Olimpo de los dioses

Sonoro Yo,
que se fugó con el alba,
agazapado en la brisa
para encender fanales en el etéreo

Mas la luz iridiscente
de mi antorcha
iluminó tu rostro

 Estoy hecho de paz
inquebrantable
de armonía terrena

Soy
antorcha
que trae la tardecita
anidada en tu cabeza
Haz centelleante,
que descubre la mar
embravecida, en la penumbra

Estoy,
hecho de paz inquebrantable
de armonía cósmica

Yo
Iconoclasta emancipado
He rebasado la distancia,
los siglos

Ahora
peregrino a mis anchas
por el cosmos

Pero…
He sido también,
agua de árboles celestes
semilla caída con la lluvia
palabra liberada en otoño

Ahora,
espacio abierto,
deambulo descalzo por las piedras
arena que huello con mis plantas

Mas…
tus ojos que fulguran
en un mágico halo
bailan al compás de
mi pífano

Y ahora que comulgo
con la esencia de tu esencia

Escapando hacia ti
vuelvo a tu vientre

VII

¡Mujer!
!Paloma
de brillante luz!

He surgido de ti
        a la vida
He llegado a este
           hoy,
palabra en mano,
hecho de ayer y
          hoy
hoy y mañana

Tocado de memoria
seguí tu sombra
en la distancia

Soy ayer de este hoy
e inevitablemente mañana
seré
el más jubiloso
de tus sueños

¡Mujer!
Paloma de sereno vuelo

Nos encontramos bajo el mapa
en que se abren los surcos sementero

Y no se acaba el tiempo
ni yo, ni tú
ni la tarde que se marcha
en silencio

Pero un día, volaremos
hacia otro orbe
e impregnados de luz
alcanzaremos la sombra
de la multitud que nos aguarda

¡Paloma irisada de Luz!

Viajaremos de ti hacia mí,
en el transcurso de la lluvia,
De mí hacia ti
en el transcurrir de la vida

Y hechos rosas del estío
Austeramente nosotros
con nosotros

Sumados a las aguas de los mares
Seremos cóndor que remonta su vuelo
a lo infinito.

VIII

…Llegaremos
a ese páramo prometido
a ese otro plano de paz
pleno de luz y de palabras

Entonces… Mujer,
'paloma de sereno vuelo'
en esa dimensión
recorreremos las calles
palmo a palmo

hasta conquistar
la última hora de la tarde

Y esculpiré tu nombre
¡PALOMA que me vuelas el alma!
en la costra de los árboles,
erigidos en un alba cósmico
cuando la vida fue principio
en el planeta.

TERCERA PARTE
REVELACIÓN IN PARADIZO

FUERA DEL SUEÑO

Esta nave sin brillo
que se detiene oscura
en medio de mi sueño
¿De dónde vuelve
o regresa?

¿Adónde se dirige?
su maestre...
y tripulación incierta

Esta nave, bajel
que se mueve
en las dimensiones
de mi siquis.
En mis sueños
¿Cuándo empezó
su viaje?
¿En qué puerto?

Esta nave,
de seguro partió
del fondo
de los tiempos
Sí
¡Del fondo de los tiempos!

SAGA PRIMA

Desde las profundidades
del tiempo. Más allá
de los siglos y la historia

Surgidos
de dimensiones muchas
Atraídos a esta realidad
por compasión Divina
manifestamos nuestras
esencias en este plano

De la Luz emanados,
fuego del corazón
¡Prema swarupa!
Habitamos las cosas
de este orbe

Vinimos de la paz
del silencio,
la justicia
y el equilibrio mismo

Exactamente puras
estas almas
brillaron como soles
a su llegada

Nos tocó recorrer
todos los continentes
las aguas de los ríos
y los mares

Fuimos fuego y volcán
oro y marfil, plata
hierro y carbón

La esencia del venado
fuimos el aguila
que reina
en las altiplanicies
el animal que emigra

Fuimos, bisontes, tigres
El gusano de seda
fuimos la mariposa
la flor, la enredadera

Por compasión Divina
habitamos en el hombre
le dimos inteligencia,
la razón y la Luz.
También amor les dimo

La aurora del comienzo
La verdad de este tiempo
y otros tiempos

La piedra, el alfaquín
la ciencia de los astros
la bendición del fuego
y de la noche

Para eso vinimos
de la banda del tiempo
de los tiempos
por compasión Divina

PRESENTACIÓN

Emanado del Uno
nacido de la Luz
He sido del pasado,
del futuro, del ayer
el presente y el mañana.

De donde vengo
hay mil soles
que conversan entre sí

Mundos de perfecta justicia
de Amor bañados
las piedras y las aguas

VOY DECLARANDO AHORA

La Divina Verdad
es Padre y Madre
Único Uno
¡Lo declaro!

El que vino detrás
Amor postrero
Luz de Divino Sol
trajo el canón,
la amorosa palabra
del Uno

Desdoblado de Él
VERBO Y VERDAD
rompió lazos
de esclavitud

El que vino detrás
volverá y, ya ha vuelto
Prashanti Nilayam
El que vino detrás

Despertados que fuimos
del sueño de la muerte
hemos vuelto a ocupar
el lugar que nos atañe

Mi palabra es verdad
Luz hay en ella
Yo Soy el que vino

a traer el mensaje
a traer esta palabra
de Amor y esperanza

Yo Soy
el que revela
que el Uno
Padre y Madre
es el inicio
de todo lo que es
y lo que existe.

Yo Soy
el que muere
y resucita
por voluntad del Uno
El que emergió
en este orbe
por compasión Divina

Yo Soy
el que anduvo sumergido
en las aguas profundas
de la nada del tiempo

Yo Soy
el que tiene un nombre
y muchos nombres
y responde a sí mismo

Yo Soy
el que salgo de mí
y me habito
en conciensia.

Soy el que morando
en la Luz me oculto
en mí mismo
¡Prema Swarupa!

Yo Soy
El Camino
y todos los caminos
que ascienden
hasta mí y se bifurcan

De las aguas
me formo
para crear la vida

Yo Soy
el que creó la muerte
y el que la vence
El que habita en los hombres
y en los mundos

Yo Soy
la Paz consecutiva
del inicio que no tuvo
principio
ni tendrá final

OM   OM   OM

Que se descubre
y desplaza
hacia la esencia
de sí mismo

Yo Soy
desde arriba el anverso
y el revés del universo
El que nace de la nada
y se regresa hacia do vino

¡Prema Swarupa!
Soy la vastedad eterna
de planos y dimensiones

Yo Soy
¡Prema Swarupa!
diseminado
en el viento
en las aguas
en la tierra

Él es el Uno
que Yo Soy
Él es el Uno
que se presenta
desde la forma
que tú amas
y la Nonada

Él es
¡Prema Swarupa!
Baghavan

Vinimos por su amor
y a Él volvemos
Su propia compasión

Amor Pureza nos trajo
hasta este plano

Él dice
Yo seco toda lágrima
redimo toda culpa
perdono toda ofensa

Yo
concilio la Paz
Lloro de amor
¡Prema Swarupa!
Bramma Swarupa
Satya Dharma Shanti Prema
Gopi Bagawam
¡Prema Swarupa!
Prashanthinilayam
Charanan Charanan
Satya Swarupini Ma

COSMOS ADENTRO
(Fragmento)

No tan ligero
meditaron los dioses
y sólo había cieno y agua
en la oscuridad
de lo eterno

¡No tan de prisa!
musitaron lúdicos
los silfos
y las ondinas

¡Ahora!
decretaron los padres
de la forma y el fuego
Apareciste tú
esa vez y desde siempre
has latido en mi corazón

Inscribiré mi nombre
en las huellas de tus pasos

Andando mundo abierto
oteando otros caminos y paisajes
en mundos que se besan
en las galacticas mañanas
seré la flor que guardas
y ocultas en tu pecho

Porque he portado
el fuego de los dioses,
las cenizas de Mal-Deck,
las aguas auríficas de Nibirus
Yo Soy el portador del silencio
Yo Soy la Luz que mora en la luz
Despierta diosa y mujer
que yo soy tú
desde las profundidades
del tiempo

Caminemos
por este callejón de estrellas
para volver aquí
a redimir los muertos
de su disimulada muerte
por milenios.

Caminemos
por esta vía de soles
y torbellinos cósmicos
para liberar la esclavitud
de estos nombres
olvidados ha eones y eones.

SOLEDAD
(CALABAZAS)

La primera palabra...
golpe certero,
revienta los sentidos
dejandonos inerme
a merced del temblor
que se aproxima.

La segunda palabra...
suspendida frente a uno
con su filosa amenaza
de penetrar hondo
en nuestra piel, nos abre
una herida en el costado

Para el resto...
hay que tener oídos
y la fe de que: ¡Dios asiste!

El resto...
demuele, aturde, destruye.
Una y otra vez
se te niega la vida.
Una y otra vez
las palabras golpean y golpean
sacuden, destruyen, demuelen

Tú, inermes... observas
como todo se viene abajo
y en medio a esto un rostro
y una mano aparecen
como fiel testimonio de tu fe

después de las palabras
luego de las laceraciones
quedan: la meditación
el silencio y el vacio

Para no llorar
cierras las celosías
de tu interior y te ocultas.
Cierras con siete candados
las puertas de tu Yo...
y te silencias.

Allí
nadie atisba los lagrimones,
las palabras... que golpean
y golpean con denuedo

Siete candados más
vuelta de uno mismo
a sí mismo

Después... nada
solo queda callar
para empezar de nuevo
Después.. allá adentro
sólo queda el silencio,
el vacío absoluto
y uno mismo.

SIETE CANDADOS ADENTRO
(VIAJE HACIA UNO MISMO)

He llegado a mi paz
al centro corazón
del pensamiento

El incienso se quema
Padre-Madre
Arde el pavilo de la fe

El cántico profundo
del Amor (Prema)
vibra en el templo
He llegado a mi paz,
a mi reposo do entrego
mis sentidos PadreMadre
Camino de uno mismo
hacia adentro, hacia sí mismo

Al encuentro final
Desnudo de temor
Caminando ¡Libre!
hacia tí solo

Al centro corazón
del pensamiento
Allá, confúndome con Él
¡O Padre-Madre!

VOZ INTERIOR

Yo el hombre
abro el pensamiento
al que funge de mí
en la palabra

Abro los siete candados
desta puerta interior.
Entro al impugnable
templo donde habito
Desvelo el pensamiento
que arde
como lengua de fuego
en la fragua de los dioses

Atento, camino despacio
atenta la mirada
en los mundos que avivo

Más adelante
sólo hay... vacío
Espacio sideral... profundo
espacio sideral... silencio

Uno se deja ir por los sentidos
sin amarres, sin trabas
Juan adentro voy
en busca de la Luz
donde el otro me espera

Un espacio
otro espacio
Amor para llegar
al centro
Células
célula
núcleo

Adentro
hay un río de mí inagotable
un pueblo, un árbol y un corcel
En esta célula millón catorce
hay una puente espiral
que la une a otro cuerpo
do se avista
una espada de fuego,
una barca vacia
y un potro solitario

Gira sobre sí
la puerta que me aguarda
¡Yo soy este fuego, este río!
Soy el espacio
entre el hombre y la piedra
En él sólo hay pureza

Dentro me voy,
espacio arriba, vacio abajo
Serpentinas luminosas
cruzan mi esencia
Miles de mí, millones se repiten

Viajo hacia adentro
En esta célula hay amor,
hay paz interna
Adentro en el templo
do se guarda la palabra
surjo y me niego a exigir,
a odiar, o, a herirte

Ando este espacio
y me estremezco
Paso la multitud
que aguarda silenciada
ataviada de blanco
Un espacio, otro espacio
oscuridad y... vacio.

Me confirmo en mi luz,
en la palabra
Llego a otro mundo-ser
Ríos de almibar,
océanos de nectar
¡Patria de sol, amor
y compromisos!
Continuo atado
al pensamiento
y a la palabra

Esta ciudad es mía;
Yo lo decreto
La lira y el bordón
también son míos

La primera poesía
es de mi autoridad
¡Yo lo proclamo!

Llegué al centro
de todos mis kharmas
removí tu nombre
y otros nombres

Sellé con siete fuerzas
el lugar ya vacio
Siete fuerzas finales
claustro definitivo

Después de ahí:
Paz
concentración
sosiego.
Después de ahí...
¡Volví a navegar!

Un cosmos, otros universos
Célula millón dos mil
Etérica la mar, la barca
y el barquero

Mundo de tranparente luz
donde la palabra vibra
sin ser articulada

Me hundo en esta mar,
en su silencio
Camino entonando
un cántico de paz.
Una ninfa amorosa
se fusiona a mi canto

Me sumerjo
en estas aguas infinitas
Beso la ninfa
y salgo a caminar
a ras del cielo

En la cima, en la cumbre
hay un templo creado
al pensamiento de los dioses

Al borde de este limite
prosigue interminable
la distancia.
Este templo guarda
las cenizas de tu nombre,
el caliz creador de la palabra

Por una sola luz iluminado
Yo Soy el que vino
desde los linderos de la muerte
hasta este páramos de vida
donde llueven los pensamientos
como rosas del estio

Al borde de este abismo
sólo hay vastedad eterna
Después de aquí hay
millones de mí transfigurados.

CALLEJÓN DEL TIEMPO

Abro un portón celeste
y atisbo hacia el vacio perpetuo
donde existí una vez hace milenios
Después de este vacio
sólo hay Amor y Dios

Una ángel de amor
porta la Luz
y viene a mi encuentro
Otra ángel de luz
desata la palabra
y el pensamiento

¡Que yo no tengo edad!
ha dicho un ángel aureolada

Llegamos al lugar
en donde miles de tú
millones de ti misma
se confunden conmigo,
las ángeles de luz y la palabra
Entonces... nos fundimos a Dios
y ya no somos.

EL LUGAR QUE YO SÉ

Esta memoria y el recuerdo
me llevan de nuevo a Putaparti
Esta memoria, Divino don,
me invita a caminar
las calles del santuario
Sol que requema a mediodía
Luna que ilumina el firmamento
Ciudad de Dios te tengo asida
en mi corazón donde ya habitas
Voz del Señor en el silencio.
Véome subir
de nuevo por el camino
hacia el horcón de los devotos
Oir las voces de amor ¡Sai Ram!

Ese tiempo detenido
Ese tiempo martillando
mi memoria, mientras
continúo caminando
todas las calles en Prasanti Nilayan
Aspiro verte
¡O Divino Señor de Putaparti !
Por vez primera
palpar las columnas
de este templo y besar el suelo
y el rastro de tus huellas
Señor de Nilayam
¡Satya Sai Baba!

Vivo sumergido en tu cuerpo
en todas las palabras
de ti mismo ¡O Señor de Parti !
Amor que cubre a todos
Quiero volver al lugar que ya sé
al lugar que conozco
¡A la ciudad de Dios!
Y caminar al horcón
al templo de las bendiciones
al camino que lleva
al portal de Ghanesha
y besar el suelo que tú pisas
Besarte Amor de amores
¡Swami, Dios de verdad!
Quiero volver
al lugar que yo sé
al lugar que conozco
para dormirme en tu amor
Swami dormirme en tu amor.

www.ingramcontent.com/pod-product-compliance
Lightning Source LLC
Chambersburg PA
CBHW031857170626
46807CB00004B/1777